# LA CAMPAGNE DU ROI,

En 1745.

# POEME.

(9)

Impromptu sur les Successeurs de Henri 4.

On vit en Louis treize un Antonin le juste;
Son fils renouvella le beau siecle d'Auguste,
Louis le bien aimé fait seul par ses vertus
faire revivre Augustes, Antonin et Titus.

Lapeyrere ~~[illegible]~~ ancien [illegible], à Dax.

Mercure de Xbre 1755. 2e vol. p. 6.

# LA CAMPAGNE DU ROI,

En 1745.

## POEME.

Par M. H. De la V. P. du R.

(Hébert de La Viconterie, procureur du roi, à T. en Bsse Normandie)

M. DCC. XLV.

# AVERTISSEMENT.

LE Titre de cet Ouvrage annonce ce qu'il eſt. C'eſt une Deſcription, ou ſi l'on veut une Relation de la Campagne du Roi. Le ſujet en eſt grand, & c'eſt ſans doute une témérité, d'avoir voulu raſſembler dans une ſeule piéce tant de glorieux événemens, qui pourroient faire le ſujet de pluſieurs Poëmes. Mais cette difficulté n'eſt pas la ſeule que l'Auteur ait rencontrée. Dans tous les tems & dans toutes les Langues, les Poëtes ont chanté les combats. Ils ont traité cette matiére tant de fois, & en tant de façons, qu'elle devroit être entierement épuiſée. Comment donc ſe ſoutenir dans une carriere ſi longue, ſans devenir Plagiaire; & même ſans tomber dans la répétition. L'Auteur l'avouera, qu'ayant à parler toujours des mêmes choſes; ce n'a pas été un petit embarras pour lui de varier aſſez ſes tours, & ſes expreſſions. Le ſeul moyen qu'il ait trouvé pour y réüſſir, autant qu'il le pouvoit, a été de faire des peintures naturelles. Il eſt peu d'événemens qui ne ſoient differenciés par quelques traits, & c'eſt à ceux-là qu'il a cru devoir s'attacher. L'ouverture de la Tranchée, les Batteries dressées, les attaques ordinaires ont servi pour le Siége de Tournay. Le Bombardement, les Mines, & Contremines pour celui de la Citadelle : ainsi du reste.

On fera peut-être un reproche à l'Auteur d'avoir mis les faits dans leur ordre naturel, & on pourra lui appliquer ces Vers de M. Despréaux.

Loin ces Rimeurs craintifs, dont l'esprit phlegmatique
Garde dans ses fureurs un ordre didactique ;
Qui chantant d'un Héros les progrès éclatans,
Maigres Historiens suivront l'ordre des tems.

Tout ce qu'il répondra à cette Critique, c'est qu'il ne voit pas, qu'en dérangeant les faits, sa piéce en eut eu plus de grace. Il ne croit pas même que le désordre dont il est question en cet endroit, fût de mise dans un Ouvrage tel que celui-ci, dont le goût est tout different de l'Ode.

On pourra peut-être encore blâmer l'Auteur d'avoir entierement banni de sa Piéce la Fable, & la Fiction. Il est vrai qu'il se rencontre des personnes à qui ces sortes d'embellissemens plaisent encore, mais il n'est pas moins certain qu'il s'en trouve beaucoup plus qui pensent autrement. Ces derniers regardent les Divinités du Paganisme, &

tous les événemens surnaturels, si fort de mode autrefois, comme des songes, ou comme des idées creuses, dont un esprit juste sent d'abord tout le vuide. Mais sans entrer dans cette question, il est constant que quand Jupiter, Mercure, Bellonne, la Fortune pourroient figurer dans certains Poëmes, ce ne seroit point dans celui-ci. Tous les faits en sont vrais, récens, & se passent, pour ainsi dire, sous les yeux du Lecteur. Les Héros qu'on y fait agir sont des hommes connus; & il semble qu'il seroit ridicule au lieu de peindre nos Troupes, enfonçant le Corps de Bataille des Ennemis à Fontenoy, la Bayonnette au bout du fusil, de faire paroître Jupiter foudroyant leur Armée, ou Bellonne les cheveux épars, échauffant le carnage. Au reste, malgré ces raisons, l'Auteur n'ose encore se flater d'avoir choisi le meilleur plan, & beaucoup moins de l'avoir bien rempli. C'est au Public à en juger.

LA

# LA CAMPAGNE DU ROI,

## En 1745.

## POEME.

### *CHANT PREMIER.*

'Hiver qui de la France arrêtant le Tonnerre,
D'un repos passager n'a fait joüir la Terre
Que pour lui préparer de plus cruels malheurs,
Fait place aux jours sanglans, source de tant d'horreurs.
Grand Roi, voici le tems d'achever ton ouvrage.
Le calme ne naîtra que d'un nouvel orage:
Quoi que te dicte un cœur tendre, & compatissant,
Il faut, il faut encor faire couler le sang;
Et que Vienne abaissée apprenne à mieux connoître
Le Héros qu'aux François le Ciel donna pour Maître.
Déja tes ennemis d'un vain espoir flatés,

Ont vu tous leurs desseins, en naissant, avortés.
Ypres, (*a*) Furnes, Menin sont tombés sous ta foudre.
De l'altiére Fribourg (*b*) les remparts sont en poudre.
Un Prince (*c*) audacieux guidé par la fureur
Dans tes Etats en vain a porté la terreur;
Resserré, poursuivi, contraint à la retraite,
Il n'a pu qu'en fuyant éviter sa défaite.
Heureux, heureux cent fois que la mort en courroux
Parût alors sur toi prête à porter ses coups,
Et que ce triste objet, cette effroyable image
De nos Guerriers tremblans suspendît le courage.
Mais pourquoi rapeller ces jours remplis d'effroi,
Où les François en pleurs ont tremblé pour leur Roi.
Le Ciel leur a rendu cet objet de leurs larmes;
Et peut-être n'a-t'il excité tant d'allarmes
Que pour faire connoître à ce Prince adoré
Un amour dont l'excès pouvoit être ignoré.
Peuple heureux, Roi puissant: quelle gloire est la vôtre!
Par de si forts liens attachés l'un à l'autre,
Pourriez-vous désormais craindre vos ennemis?
Parois généreux Prince, & tout sera soumis.

François préparez-vous à de nouveaux miracles.
Louis va vous donner de plus frapans spectacles.
Plus admirable encor, plus grand de jour en jour,
L'Autriche sous ses coups va fléchir sans retour.
Ces jaloux Alliés qu'irrite sa puissance,
Bientôt seront forcés d'implorer sa clémence,

(*a*) Menin rendu le 4 Juin 1744, après 7 jours de tranchée ouverte. Ypres le 16 Juin après 10 jours, & Furnes le 10 Juillet.

(*b*) Fribourg rendu le 5 Novembre.

(*c*) Le Prince Charles passa le Rhin le premier Juillet, fut forcé dans les Lignes de Vissembourg le 5, & fut obligé de repasser la nuit du 23 au 24 d'Août, sans avoir tiré aucun fruit de ce passage, qui lui couta 25000 hommes.

De recevoir des loix qu'ils bravent aujourd'hui
Pour épargner leur ſang qu'il répand malgré lui.
Maurice a raſſemblé ſa redoutable Armée.
Par ce Chef intrépide à combattre animée :
Quels remparts vont ceder à ſes premiers efforts ?
Quel art pénétrera de ſi profonds reſſorts ?
Votre orgueil, Alliés, s'en eſt flaté peut-être.
Mais d'un ſi vain eſpoir ceſſez de vous repaître.
La foudre va tomber où vous ne penſez pas : (*a*)
Et vous ne l'apprendrez qu'à ſes bruyant éclats.
Cette Ville ſi chere aux fils de Mérovée, (*b*)
Qu'avec ſoin, en tout tems nos Rois ont conſervée,
Qu'un fier Anglois enfin arracha de nos mains.
Tournay, croyoit toujours couler des jours ſérains.
De ſes murs entaſſés la formidable enceinte
Sembloit en écarter les dangers, & la crainte.
Quel Héros, ou quel Dieu de ſa gloire enyvré
Oſeroit y chercher un trépas aſſuré ?
Vaine erreur ! Ces remparts que la mort environne
N'offrent point de périls dont le François s'étonne.
Ce Fort environné de cent gouffres couverts,
Qui préſente à la fois la foudre & les Enfers,
Pour tout autre peut-être invincible défenſe,
Du Monarque François anime l'aſſurance :
Ce ſont de tels aſſauts que cherchent ſes Guerriers,
Et c'eſt là que Louis veut cueillir des Lauriers.
De ſes fiers Bataillons la place enveloppée (*c*)
A tout ſecours déja voit la route coupée.

(*a*) M. le Maréchal de Saxe, cacha ſi bien ſon deſſein, que les Alliés crurent qu'il en vouloit à Mons ; & Tournay fut inveſti avant qu'ils y euſſent penſé.

(*b*) Tournay a été principale Ville des François ſous la premiere Race. Elle a été priſe & repriſe en differens tems, & en dernier lieu le Duc de Malboroug la prit en 1709.

(*c*) La place inveſtie le 25 Avril.

Un Fossé (*a*) tortueux avec art apprêté,
Nous mène en biaisant au glacis redouté.
De cent bouches de feu la mort en vain s'élance,
A couvert de ses coups on pénétre, on s'avance.
Des François à leur tour les foudres allumés
Font voler la terreur sur ces murs enflamés.
Du terrible chemin (*b*) l'assaut cruel s'apprête.
Formés pour défier les feux, & la tempête,
Nos Guerriers, à l'envi, s'y sont précipités :
L'ennemi renversé, rompu de tous côtés
( De nos succès prochains certain & doux présage )
A peine de leur sang a teint l'horrible ouvrage.
  La scéne va changer ; un Héros plein d'ardeur
Veut avec les François mesurer sa valeur.
  Ecarter de Tournay les feux & les allarmes,
Faire plier Louis sous le poids de ses armes ;
Effacer ses exploits par un coup plus brillant,
Sont les hardis projets que forme Cumberland.
Quels effrayans apprêts dans ce Camp formidable !
De peuples differens, quelle foule innombrable !
Vienne, Hanovre, Amsterdam s'y trouvent à la fois.
Londres de ses Guerriers leur réünit le choix ;
Troupe intrépide, & faite aux fureurs de la Guerre,
Qui, la France exceptée, iroit dompter la Terre.
  Enfin Bourbon, le Ciel t'accorde la faveur
De t'offrir un Rival digne de ton grand cœur.
De tes vaillans sujets viens animer le zéle :
Vole, vole, (*c*) il est tems, la Victoire t'appelle.
Le jour terrible luit ; l'Europe en ce moment
Attend, les yeux sur toi, ce grand événement.

(*a*) La Tranchée ouverte le premier Mai.

(*b*) Le chemin couvert emporté la nuit du 7 au 8 sans presque aucune perte.

(*c*) Le Roi fit une extrême diligence ; & n'arriva cependant à l'Armée, que le 9 de Mai, deux jours avant la Bataille.

Vous Manes révérés de nos fameux Monarques ;
Henry, (*a*) Louis (*b*) sortez de l'Empire des Parques
Des fragiles mortels forcés la dure Loi,
Pour suivre votre fils aux Champs de Fontenoi.
De vos travaux Guerriers imitateur fidelle,
Vous l'allez voir atteindre à leur gloire immortelle ;
Et faire reparoître aux yeux de l'Univers,
Ce qu'eurent de plus grand tous vos succès divers.
Contemplés aux côtés de ce Roi magnanime,
Ces Généreux Guerriers que son esprit anime :
D'Eu, Baviére, De Pons, Richelieu, Langeron,
Chabannes, Luxembourg, Boufflers, Danoy, Biron,
Tant d'autres (*c*) dont un jour les noms, & la mémoire
Chez nos derniers neveux brilleront dans l'Histoire ;
Du Thrône de Louis inébranlable apui,
Ils répondent de vaincre ou de mourir pour lui.
Mais quel est ce Héros sage autant qu'intrépide ?
C'est Maurice, c'est lui, c'est ce fidelle guide
Que Bourbon a choisi pour vaincre sous ses yeux :
Qu'il soutient bien l'éclat d'un choix si glorieux.
En vain à chaque instant la mort impatiente,
A ses yeux presqu'éteints s'avance & se présente,
De l'amour de son Roi son grand cœur tout rempli,
Par les plus cruels maux ne peut-être affoibli.
Attentif aux dangers qui menacent la France,
Il les voit, les prévient, ses soins, sa vigilance
Ont préparé par tout ces ressources de l'art,
Par qui jamais un Chef n'attend rien du hazard.
Hélas ! se pourroit-il que le Ciel en colere,

(*a*) Henri IV.
(*b*) Louis XIV.
(*c*) On n'a point cru être obligé de nommer un plus grand nombre d'Officiers, dans une piéce qui embrasse toute la Campagne, & où trop de détail eut été déplacé. On a cru qu'il suffisoit de leur rendre à tous en général le témoignage qu'ils méritent.

Voulût nous enlever une tête si chere ;
Et que lorsqu'il s'apprête à remplir nos souhaits,
Ce revers alterât le prix de ses bienfaits.
Bourbon dans ce moment décisif pour sa gloire,
Veut par lui-même encore assurer sa Victoire.
Il sçait combien un Roi présent dans les combats,
Donne de zéle aux Chefs & d'audace aux Soldats.
Il passe dans les rangs tel qu'un éclair rapide,
L'héroïque sagesse à ses côtés préside.
Il vole, observe, ordonne, agit en même-tems :
De joye & de valeur cent gages éclatans
Sur le front des Soldats lui font lire d'avance
D'un triomphe prochain l'infaillible assurance.
Cher Prince, arrête-toi. Tant d'ardeur & d'amour,
Doit te répondre assez du sort de ce grand jour.
Au combat qui s'apprête, il est tems de soustraire
Une vie à l'Etat, aux tiens si nécessaire.
Un Grand Roi, peut sans honte éviter le danger,
Ses jours sont à son peuple, il les doit ménager.
Quoi ce jeune Héros notre seule espérance ;
Ce Prince unique apui du Sceptre de la France,
Sur ses pas aujourd'hui vient braver les hazards :
Quelle noble fierté brille dans ses regards !
Les douceurs de la Cour, une Mere attendrie,
Les attraits, les soupirs d'une Epouse chérie ;
Foibles liens d'un cœur par la gloire animé,
N'ont pû vaincre l'ardeur du sang qui l'a formé.
Un courage naissant a surmonté ces charmes,
Et loin d'être étonné du bruit confus des Armes,
De craindre les dangers qui l'ont environné,
Au sein de ce fracas il semble qu'il est né.
C'est ainsi qu'un jeune Aigle en ouvrant la paupiere,
Soutient d'un œil hardi les traits de la lumiere.
Roi vaillant que ce Fils qui ne peut te quitter,
De ce Champ dangereux te force à t'écarter ;

Et ſi par cet effort ta grande ame eſt contrainte,
Ne rougis point, pour lui de connoître la crainte.
Cumberland du combat donne enfin le ſignal (*a*)
Tout obéit : tout marche à cet ordre fatal :
Ses farouches Anglois alterés de carnage
Penſent que dans nos rangs ils vont s'ouvrir paſſage.
Leur Chef ardent ſe livre à cet eſpoir flateur ;
Il s'avance à leur tête en ſuperbe Vainqueur.
Ses Bataillons ſerrés, que l'honneur accompagne,
De formidables cris rempliſſent la Campagne.
Par le ſalpêtre en feu les airs ſont embraſés,
Cent braves combattans ſous le bronze écraſés
Font prévoir aux François ce qu'auront de barbare
Les aſſauts redoublés que cet inſtant prépare.
Déja Grammont (*b*) frapé de ce foudre mortel,
Se plaint en expirant de ſon deſtin cruel,
Qui l'abandonne aux coups de la Parque en furie,
Sans qu'il ait pu ſervir ſon Prince & ſa Patrie.
De toutes parts, ô Ciel ! quel trouble ! quel fracas !
Que de jours moiſſonnés, que de ſanglans trépas !
L'ennemi ſur nos flancs fond, & ſe précipite.
On le repouſſe en vain, la défenſe l'irrite.
A voir des Combattans l'acharnement affreux,
Il ſemble que la mort ait des attraits pour eux.
N'eſperés pas, Anglois, que cette aveugle rage,
De nos fiers défenſeurs ébranle le courage.
Plus moderés que vous, leur tranquille valeur
Sçaura de votre Fougue arrêter la chaleur.
Maurice en un moment les force, les renverſe.
Ce nuage enflamé devant lui ſe diſperſe.
Le brave Lowendal, après de longs efforts,

(*a*) Onze Mai.
(*b*) M. de Grammont, Lieutenant Général, tué d'un coup de canon au commencement de la Bataille.

S'ouvre enfin une voye à travers mille morts.
Konicqseq (*a*) étonné sent fléchir son audace ;
Et l'ardeur de Waldeck (*b*) à la crainte a fait place.
L'impétueux Brunswick (*c*) rempli de son objet,
Méprise ce revers, forme un plus grand projet.
Ses hardis Batallons à sa voix se rallient.
Il commande aussi-tôt qu'au centre ils se replient ;
Certain que les François ne pourront soutenir
Les terribles efforts qu'il veut y réunir,
Et que par un assaut, à jamais mémorable,
Il va leur rendre enfin la fuite inévitable.
Qui pourroit désormais peindre assez vivement
Ce que produit d'affreux ce subit mouvement.
Un innombrable corps de Troupes entassées,
Une épaisse forêt de lances hérissées,
Comme un fier tourbillon qui va tout renverser,
Vient au sein de nos rangs tout à coup s'enfoncer.
Quel bras repoussera cette attaque soudaine ?
Un nuage de feux couvre toute la plaine.
On croiroit voir d'Hécla (*d*) s'ouvrir les souterrains :
Ou plutôt qu'en ce jour les décrets souverains
Viennent de renverser les voûtes infernales ;
Et que du fond brûlant des demeures fatales,
Un déluge de souffre élancé dans les airs,
Va dans le noir chaos replonger l'Univers.
Au sein de ces horreurs le François intrépide,
Oppose son courage à ce torrent rapide.
Il croit pouvoir encor en arrêter le cours.
Justes Cieux ! épargnés tant de précieux jours.

(*a*) Général Autrichien.
(*b*) Général Hollandois.
(*c*) Nom de famille du Duc de Cumberland.
(*d*) Montagne d'Islande qui jette beaucoup plus de feu que l'Etna de Sicile.

Tu meurs digne Rival (*a*) du célébre Valiere (*b*)
Dillon (*c*) ferme à jamais les yeux à la lumiere.
Beauveau (*d*) percé de coups descend aux sombres bords.
La terre en un moment est couverte de morts.
Mais que vois-je, Grand Dieu ! La vaillance Françoise
Céde enfin aux efforts de la fureur Angloise.
Nos plus fermes Soldats rompus, épouvantés,
Sont loin du champ fatal dans leur fuite emportés.
C'est dans ce triste instant, dans ce trouble effroyable,
Que le cœur de Louis tranquille, inébranlable,
Réparant à la fois, & bravant le malheur,
Aux yeux de l'Univers va montrer sa Grandeur.
Son front calme & sérain où l'assurance est peinte,
Ranime l'espérance en tous les cœurs éteinte.
Un seul regard rend l'ame aux Soldats chancelans.
Soudain il fait marcher ces Escadrons brillans
Destinés à garder sa personne sacrée.
Tremble enfin Cumberland : Ta perte est assurée.
Il ne va plus rester à ton cœur abattu,
Que le stérile honneur d'avoir bien combattu.
Sur les pas de ce Corps, si fameux, si terrible,
Passe comme un torrent cette Troupe (*e*) invincible,
Si digne de porter les mêmes étendards.
Toi, brave Légion (*f*) qui commande aux hazards,
Qu'à tes armes nos Rois ont voulu reconnoître,
Pense que tu combats sous les yeux de ton Maître.

(*a*) M. du Brocard, Lieutenant Général & Commandant l'Artillerie, tué.

(*b*) M. de Valiere L. G. d'Artillerie si connu par la Bataille de Dettingen.

(*c* Milord Dillon, Colonel d'un Régiment Irlandois, tué.

(*d*) M. de Beauveau, Colonel de Hainaut, tué.

(*e*) La Gendarmerie.

(*f*) Les Carabiniers.

Mais le choc effrayant vient de recommencer.
Quels flots du plus pur sang vont encor se verser !
L'Anglois toujours terrible, en sa fureur sauvage,
Veut pousser plus avant son premier avantage :
Les François sont remplis de l'esprit de leur Roi,
Et ne connoissent plus les dangers, ni l'effroi.
L'on n'entend plus gronder le Foudre épouvantable,
Messager d'une mort au loin inévitable.
Il faut des traits plus sûrs en cet affreux combat.
Le fer seul peut servir la rage du soldat.
D'horreur en s'approchant les deux partis frémissent.
De cent lugubres cris les plaines retentissent.
François, Anglois, ensemble au carnage obstinés,
Sont autant de Lions sur leur proïe acharnés.
A Saumery (*a*) déja la lumiere est ravie ;
Sur un monceau de morts Suzy (*b*) tombe sans vie.
L'infortuné Lutteaux (*c*) de la gloire occupé
Combat & ne sent point les coups qui l'ont frapé.
De ces funestes Champs où ces Héros expirent,
D'Apcher, (*d*) Crênay, (*e*) d'Havré (*f*) tous sanglans se retirent (*g*).
On ne peut sans frémir contempler ces horreurs.
Que nos succès ô Ciel ! nous vont couter de pleurs !
Jusqu'à quand Reine injuste, & toi fiere Angleterre

(*a*) M. de Saumery Maréchal de Camp, Enseigne des Gardes du Corps, mort de ses blessures.

(*b*) M. de Suzy, Aide-Major des Gardes du Corps, tué.

(*c*) M. de Lutteaux, Lieutenant Général, mort de ses blessures.

(*d*) M. le Chevalier d'Apcher, Lieutenant Général, blessé.

(*e*) M. le Marquis de Crênay, Brigadier, blessé.

(*f*) M. le Duc d'Havré, Brigadier, blessé.

(*g*) » L'Auteur eut souhaité pouvoir rendre justice à un » grand nombre d'autres Officiers de marque qui ont été blessés, tels que M. le Chevalier de Monaco, Guidon de Gendar- » merie ; mais l'Ouvrage n'a pu permettre ce détail.

De carnage, & de morts couvrirez-vous la Terre !
Plus barbares que grands dans votre orgueil jaloux,
Le ſang de vos ſujets n'eſt-il donc rien pour vous.
En vain ſur tous ces Chefs fond la Parque cruelle.
Nos Soldats déſormais, inſenſibles comme elle,
Vangent par mille morts ces Guerriers expirans.
Et quel ſpectacle, ô Dieu, déchirés & mourans,
Ils voudroient tous encor en ce moment funeſte
De leurs jours à leur Roi rendre utile le reſte.
A travers mille feux, Biron (*a*) s'eſt enfoncé.
Entouré de la mort, dans le ſang renverſé ;
Il tombe, il reparoît toujours plus intrépide.
Tel on feint qu'autrefois abattu par Alcide
Se relevoit ſoudain plus fort, plus redouté
Un immortel Géant par la Terre enfanté.
Sur ſes pas, de Héros quelle foule s'empreſſe ?
Dans tous leurs mouvemens, quel art, quelle juſteſſe !
François.... Vous qu'il ne faut que ſçavoir bien guider,
Conduits par de tels Chefs vous verra-t-on céder ?
Non, le Ciel va bientôt fixer la deſtinée
De cette redoutable, & ſanglante journée.
Par le front, par les flancs (*b*) rompus à cette fois
Des Anglois, ſans retour, l'eſpoir eſt aux abois.
Dans ſon déſordre affreux cette troupe ſuperbe,
Sous le fer des Vainqueurs, tombe enfin comme l'herbe
Que la tranchante faux moiſſonne dans nos Champs.
Frapez braves vengeurs de nos Guerriers ſanglans.
Ecraſez, ſans pitié, cette foule inhumaine,
Dont tant d'affreux combats ont ſignalé la haine.
C'en eſt fait : de leurs morts tous les Champs ſont couverts,
Le reſte épouvanté fuit, ou reçoit des fers.

(*a*) M. de Biron eut cinq chevaux tués ſous lui.

(*b*) Le corps de Bataille des ennemis fût en effet enfoncé par les flancs par l'Infanterie, & de front par la Cavalerie.

Héros, fameux Guerriers, dont l'ardeur & le zele
Rendra de ce grand jour la mémoire éternelle,
N'attendez point de moi d'encens digne de vous.
Votre Roi, mieux cent fois ſçaura vous louer tous.
Qu'il eſt beau de le voir, au ſein de la victoire,
Tel qu'un Dieu bienfaiſant, communiquer ſa gloire,
En comblant ſes ſujets d'Eloges mérités.
Vous que l'on vit toujours voler à ſes côtés,
Miniſtre (*a*) dont les ſoins, la ſage prévoyance,
Donnent l'ame & la force aux armes de la France,
Dites-nous de quel œil, avec quelle grandeur,
Il ſçut de ce moment ſoutenir la ſplendeur;
Comment après avoir honoré le mérite,
Goûté ce vif plaiſir que la victoire excite,
On le vit des combats déplorant les fureurs
Sur ſes propres ſuccès, prêt à verſer des pleurs?
Avec quelle bonté ce Pere humain, & tendre
Aux beſoins des bleſſés s'empreſſa de deſcendre,
Et pénétré ſoudain de l'eſprit de la paix,
Juſqu'à ſes ennemis étendre ſes bienfaits.
Dévoilez-nous enfin cet immenſe génie,
Cette vaſte prudence a cent vertus unie,
Qui ſeule ſaiſiſſant tant d'objets à la fois,
Cueillit, avec tant d'art, le fruit (*b*) de ſes Exploits.

(*a*) M. d'Argenſon, Miniſtre de la Guerre.

(*b*) Les ſuites de la victoire furent, un grand nombre de priſonniers, 40 piéces de canon priſes, & une grande quantité de munitions de toutes eſpéces qu'on enleva aux ennemis.

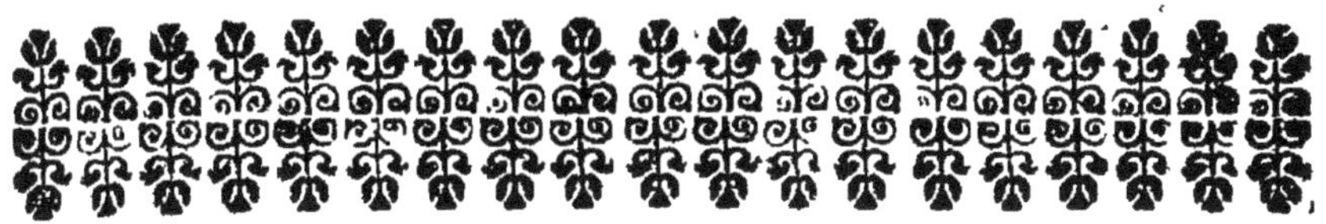

# CHANT SECOND.

IL n'eſt plus de ſecours qui puiſſe te défendre,
Ville fumante, il faut te réſoudre à te rendre.
Mais n'appréhende point de rentrer ſous les loix,
D'un vainqueur, le plus juſte & le plus grand des Rois.
Ces ſuccès éclatans que l'Univers admire,
Ne ſont point les ſeuls traits qui marquent ſon Empire.
A regret dans le ſang ſon bras vient ſe baigner,
Ce n'eſt que ſur les cœurs qu'il ſe plaît à regner.
Si ce peuple, Grand Roi, qui te révére & t'aime,
Etoit en ce moment ſeul Maître de lui-même;
Prêt à te recevoir, ſans attendre tes coups,
Tu le verrois bientôt tomber à tes genoux.
Mais la foi qui l'attache à ſa ſuperbe Reine,
L'empêche de céder au penchant qui l'entraîne,
Sans crainte, ſans eſpoir, entouré de la mort.
Il attend que le Ciel décide de ſon ſort.
Par la loi des combats, il ſuit l'Aigle Romaine,
Il faut qu'un coup égal ſous les lys le ramene.
Parois donc: fais tomber ces orgueilleux remparts.
Que le fer, & le feu volent de toutes parts.
Mais déja ſous les coups de ces brûlans orages
S'écroulent, à grand bruit ces immenſes Ouvrages.
Qui ſembloient des humains défier les efforts.
Les foſſés ſont comblés: de ces cruels dehors,
Nos Guerriers ont franchi l'enceinte meurtriere.

Tout céde : & le rempart, impuissante barriere ;
Détruit, & renversé par cent foudres d'airain
Pour le fatal assaut, offre un large chemin.
Volez braves soldats, que cette même audace.....
Le signe de la paix est donné de la place.
Vos desseins, Alliés, sont tous évanouis.
Dans ses murs, à vos yeux, Tournay reçoit Louis. (*a*)
Mais ce n'est point assez : Sa fiere Citadelle
Croit pouvoir arrêter la valeur immortelle,
D'un Roi victorieux sous qui tout a plié.
Brunswick ne se sent point assez humilié.
C'est lui (*b*) qui plein encor d'une fureur secrette
Brûle de réparer sa honte & sa défaite,
Et qui pour s'affermir dans ses nouveaux apprêts,
Veut de Bourbon, du moins retarder les progrès.
Puisqu'il le faut, Grand Roi, prens en main le Tonnerre.
Frape : n'épagne rien. Fais voir à l'Angleterre
Que tu fus toujours prêt à de nouveaux combats.
Qu'elle tremble en voyant tout ce que peut ton bras.
Il fut dans tous les tems des Guerriers intrépides,
D'invincibles Héros, des Conquérans rapides,
Qui de leurs noms fameux remplirent l'Univers,
Et parurent formés pour lui donner des fers.
Mais un trait qui souvent a flétri leur mémoire,
Ou dans un juste oubli précipité leur gloire ;
C'est ce farouche orgueil, sans mesure & sans frein ;
Qui comme un vil limon verse le sang humain.
» A mes plus chers sujets j'ai vu perdre la vie :
» Il n'importe à quel prix, ma vangeance est servie.
Louis n'est point formé sur ces cruels Tyrans.
C'est un Pere attentif aux jours de ses Enfans,

(*a*) Tournay rendu le 23 Mai.

(*b*) Ce fut le Duc de Cumberland qui empêchât qu'on ne endît la Citadelle.

Qui gémit en ſecret qu'une ligue funeſte
Le contraigne à chercher des combats qu'il déteſte.
» Braves Soldats, dit-il, ce redoutable Fort,
» Dont cent gouffres cachés vous défendent l'abord,
» Doit reconnoître en moi ſon Prince légitime ;
» Mais il faut moderer l'ardeur qui vous anime.
» Ne précipitez point des aſſauts ſuperflus.
» Le tems eſt précieux ; vos jours me le ſont plus.
» Je vois en vous l'apui, l'honneur du Diadême.
» Ménagez votre ſang pour un Roi qui vous aime.
» L'art ſçaura remplacer vos ſecours généreux.
Il dit : l'aſſaut commence, un tourbillon de feux,
Malgré l'effort cruel de l'induſtrie humaine,
Annonce à ces remparts leur ruïne prochaine.
Mille globes d'airain dans les airs enlevés,
S'enfoncent dans la terre, & ſoudain relevés,
De mille éclats mortels frapent tout à la ronde.
Par les obſcurs détours d'une route profonde,
De hardis travailleurs marchent pour découvrir
Ces Tombeaux enflâmés, toujours prêts à s'ouvrir,
Ou d'un ſuccès trompeur, courageuſe victime,
Le vainqueur abuſé s'engloutit & s'abime.
Mais à quel appareil a-t-on encor recours ?
Des Eaux (*a*) aux aſſiégés, on ravit le ſecours.
C'eſt peu que leurs remparts tombent réduits en cendre,
Par la ſoif dévorante on les force à ſe rendre. (*b*)
Ton triomphe, Grand Roi, déſormais eſt parfait.
François, de ſes vertus contemplés tous l'effet.
Voyez avec quels ſoins, & quels tranſports de joye
Tournay (*c*) reçoit le Chef que le Ciel lui renvoye.

(*a*) On fit une profonde Tranchée pour deſſécher le puits de la Citadelle, & cette précaution la fit rendre plutôt.

(*b*) Dix-neuf Juin.

(*c*) Les habitans de Tournay reçurent le Roi avec les plus grandes marques de joye.

A peine sous ses Loix s'est-il vu réunir,
Qu'il a de ses dangers perdu le souvenir.
C'est-là, cette Grandeur, cette Gloire suprême,
Qu'un solide Héros ne tient que de lui-même,
Et qui doit plus cent fois satisfaire un grand cœur,
Que les titres brillans dont se pare un vainqueur.
Je succombe, Grand Prince : une force invincible
Me retient au milieu de ma course pénible.
En vain je me consume en efforts impuissans ;
Un désordre inconnu s'empare de mes sens,
Et jusqu'au fond du cœur une voix menaçante
Par ces terribles mots me glace, & m'épouvante.
» Est-ce à toi de chanter les sublimes vertus,
» De l'immortel Rival d'Auguste, & de Titus ?
» De ce désir trompeur reconnois l'imprudence,
» C'en est assez pour toi d'admirer en silence.
» A peine convient-il aux plus profonds Esprits,
» D'oser à ce Héros consacrer leurs Ecrits.
De Bourbon, triomphant à mon foible génie,
Je sçais que la distance est immense, infinie ;
Mais quand tout retentit du bruit de ses Exploits,
Ne puis-je faire entendre une timide voix ?
Frapé de leur éclat, me fera-t'on un crime
D'ébaucher quelques traits de ce Tableau sublime ?
Et simple Historien, ne pourrai-je compter
Le nombre des remparts que son bras va dompter ?
Loin cette défiance où mon esprit se livre :
Dans sa course brillante osons encor le suivre.
Osons, sans ornement tracer la vérité ;
Il n'est besoin ici que de simplicité.
En vain par un respect, par un amour sincere,
Tournay dans son vainqueur chérit, honore un Pere,
Tout retenu qu'il est par des liens si doux,
Il part, il se prépare à fraper d'autres coups.

Voici

Voici le jour terrible où vous devez tout craindre,
Jaloux Anglois, Louis brûle de vous atteindre.
Un téméraire orgueil vers lui vous fit marcher,
Il vient dans votre Camp (*a*) à ſon tour, vous chercher.
Sous les yeux de ſon Prince à vaincre accoutumée,
Vous allez voir bientôt paroître cette Armée,
Où tout fait admirer la main qui la conduit.
Craignez ce Roi. Craignez le Héros qui le ſuit;
Ce Fils, ſon digne Sang. Formé par un tel Maître,
Vous devez preſſentir ce qu'un jour il doit être.
Cumberland, que devient cette intrépidité,
Cette héroïque ardeur, ce courage indompté;
Qui ſur l'Eſcaut en feu raſſemblant les tempêtes,
Crût pouvoir de la France arrêter les Conquêtes.
Tu recules: Tu fuis: quel contraſte fatal!
Acheve d'aterrer ce ſuperbe Rival.
Grand Roi, que ſon exemple épouvante & retienne,
Quiconque eût, comme lui, ſervi l'orgueil de Vienne.
Qu'il eſt juſte, François, de chérir votre Roi.
Epargner votre ſang, eſt ſa premiere Loi.
La gloire lui préſente une brillante route:
Dans ſes retranchemens, l'Anglois fuit en déroute;
Il pourroit l'y forcer, & peut-être en ce jour,
Par un dernier effort l'accabler ſans retour.
Mais en ſes grands deſſeins toujours impénétrable,
Il concerte en ſecret un coup plus mémorable,
Qui ſans vous replonger dans l'horreur d'un combat,
Du plus fameux triomphe égalera l'éclat.
Cent divers mouvemens, l'un à l'autre contraires,
Aux Anglois incertains, cachent d'obſcurs miſteres.
Bourbon près de leur Camp, vient enfin s'arrêter,

(*a*) L'Armée partit de Tournay le premier de Juillet. Le Roi & M. le Dauphin furent toujours au centre. Rien n'eſt comparable à l'ordre dans lequel ſe fit cette marche.

Pour le ſanglant aſſaut, tout ſemble s'apprêter.
Soudain il fait marcher à cette Ville immenſe,
Berceau d'un Empereur (*a*) qui fit trembler la France.
C'eſt-là de nos efforts le véritable objet.
Cumberland abuſé voit trop tard le projet.
Le mal preſſe : il le veut arrêter dans ſa ſource,
Mais contre un tel revers, il n'a plus de reſſource.
Par ſon courageux Chef, aux combats affermi,
Ce Corps (*b*) toujours errant, du repos ennemi,
Dont l'Europe connoît l'audace ſinguliere,
S'avance pour ouvrir cette noble carriere.
Au-devant des dangers toujours prêt à voler,
Par un nouveau prodige il va ſe ſignaler.
Une fiere Colonne, en ſa marche l'arrête.
L'attaque, & par le nombre à l'accabler s'apprête.
A ces hardis Soldats tout ſemble un sûr rempart,
Leur adroite valeur balance le hazard.
Du Chaila vient alors, le ſort des armes change.
Il fond comme un torrent ſur l'épaiſſe Phalange,
Elle fuit : de ſa crainte ardent à profiter,
Au fer de ſes Guerriers rien ne peut réſiſter. (*c*)
Couvert de gloire, il vole à la Ville tremblante
Où déja Lowendal a porté l'épouvante.
Les Elémens contre eux, ſont en vain conjurés,
Sur ces remparts fumans les lys ſont arborés. (*d*)
Un Fort reſte aux vaincus pour derniere eſperance,
On les verra bientôt le rendre ſans défenſe.
Contens s'il avoit pu ſauver leur liberté.

(*a*) Charles-Quint né à Gand le 24 Février 1500. Tout le monde ſçait les guerres que François premier, & Henri II. ont ſoutenuës contre lui.

(*b*) Le Régiment de Graſſin.

(*c*) Cette action ſe paſſa le 10 Juillet.

(*d*) Gand ſe rendit le 11 Juillet, & le Château le 15, dont la Garniſon fut faite priſonniere.

D'avantages brillans, quelle rapidité !
L'Anglois est accablé d'une attaque imprévuë :
Plus d'espoir, de ressource : on enléve à sa vuë
Ces armes, ce dépôt (*a*) tous ces secours divers,
Qu'Ostende avoit pour lui reçus du sein des Mers.
La disette, les maux attaquent son armée
Déja par les combats à moitié consumée.
L'avenir plus affreux redouble sa terreur.
Tandis que le François, dans le sein du bonheur,
Enrichi de sa perte, & fort de sa foiblesse
Par cent nouveaux succès le terrasse, & l'abaisse,
Au seul nom de LOUIS, tout céde, tout se rend.
De Bruges, (*b*) d'Oudenarde, il triomphe en courant.
Malgré le vaste Lac où son espoir se fonde,
Un jour voit attaquer, & tomber Dendermonde. (*c*)
Tant d'ennemis vaincus, & de remparts forcés,
Pour suspendre ses coups n'est-ce donc point assez.
Quoi ! ces murs, dont jadis la valeur, & la haine,
En trois ans de combats (*d*) triomphérent à peine,
Où cent fois le vainqueur fut prêt de succomber,
Sous les foudres François vont-ils enfin tomber ?
Ostende sous tes tours quelle audace guerriere,
Ira défier l'art, & la nature entiere ;
Quelle main fermera ce port, où tous les jours

(*a*) Les Magasins des ennemis, dont on se rendit Maître par la prise de Gand, ont été estimés à des sommes immenses.

(*b*) Bruges se rendit presqu'en même-tems que Gand. Oudenarde fut prise le 21 du même mois, après trois jours de tranchée.

(*c*) Dendermonde fut prise le 12 Août.

(*d*) Ostende fut assiégée par l'Archiduc Albert, le 10 Juillet 1601, & ne se rendit que le 26 Septembre 1604, quoique le Siége fût poussé avec tout l'archarnement imaginable.

Des bouts de l'Univers peut entrer le ſecours.
Jadis ſous les remparts d'une Ville (*a*) rebelle,
Fomidable ſoutien d'une Secte infidelle,
Par un ouvrage immenſe, à grands frais achevé,
On vit avec effroi l'Ocean captivé,
Et ce ſublime effort d'un eſprit vaſte & ferme,
De nos maux renaiſſans étouffa ſeul le germe.
Avec moins d'appareil LOUIS va foudroyer
Ces murs que de ſon ſang l'Anglois voulût payer,
Pour pouvoir en tout tems, de ſes plages tranquilles,
Venir porter la crainte au milieu de nos Villes.
Lowendal, qui du tems ſçait connoître le prix,
Preſſe de toutes parts les Aſſiégés ſurpris.
Point d'obſtacle à ſes yeux. Ardent, infatigable;
La grandeur du projet le rend plus redoutable.
Cent foudres deſtructeurs éclatent dans les airs,
Un horrible fracas agite au loin les Mers.
La terre en eſt émuë, & les Villes voiſines
Craignent de voir tomber leurs remparts en ruïnes.
Pour t'aller ſecourir, que Londres faſſe effort,
Oſtende, il n'eſt plus tems, il faut céder au ſort.
C'en eſt fait: (*b*) le feu ceſſe, & ſon obéïſſance
Du généreux vainqueur mérite la clémence.
C'eſt à ces derniers traits, à ces coups inouïs,
Qu'il étoit réſervé de déſarmer LOUIS.
Son grand cœur ſatisfait, enfin va ſe réſoudre
A quitter ces climats embraſés par ſa foudre;

(*a*) La Rochelle, principal Siége des Calviniſtes. Le Cardinal de Richelieu la prit en 1628, & fit à ce deſſein conſtruire une Eſtacade ou Digue dans la Mer. Cette expedition acheva de ruiner le parti Proteſtant.

(*b*) Oſtende s'eſt renduë le 23 Août après 10 jours de tranchée. M. de Lowendal ayant accordé les honneurs de la Guerre à la Garniſon, le Roi approuva les conditions de la Capitulation

Pour ſe rendre (*a*) aux déſirs d'un grand peuple charmé
De revoir un Héros ſi tendrement aimé,
Et de pouvoir lui rendre un éclatant hommage,
Plus grand que n'offrit Rome au vainqueur de Carthage.
Mais après tant d'exploits, tant de brillans travaux,
Après avoir ainſi terraſſé tes Rivaux,
Cette paix ſi long-tems vainement attenduë
A tes déſirs, Grand Roi, ſera-t-elle renduë ?
Pourrons-nous voir bien-tôt renaître ces beaux jours
Dont cent pures douceurs entretenoient le cours ?
François, n'en doutez plus : j'oſe vous le prédire.
Tant d'horreurs à l'Autriche enfin doivent ſuffire.
Quel que ſoit cet orgueil, qu'on vit dans tous les tems
Inonder l'Univers de malheurs éclatans ;
Il faut que ſa fierté tombe, & s'anéantiſſe,
Et que ſa fougue aveugle aux deſtins obéiſſe.
Vous qui la ſoutenez, ſages Républicains,
Quel intérêt trompeur vous lie à ſes deſſeins ?
Peuple trop ſoupçonneux vous voulez être libre.
Vous avez pour objet cet antique équilibre
Qui vous mit tant de fois les Armes à la main.
Approfondiſſez mieux un ſiſtême ſi vain.
Qu'aux ayeux de Louis, qu'à lui-même on compare
Les cruels deſcendans du vainqueur (*b*) d'Ottocare,

(*a*) Le Roi arriva le ſept de Septembre à Paris, où il fut reçu avec toute la magnificence poſſible, & on peut dire que ſon Entrée fut plus brillante que les Triomphes des Romains.

(*b*) Rodolphe d'Haſbourg, après avoir été Officier d'Ottocare Roi de Bohême, fut élu Empereur ſelon quelques Auteurs le premier jour d'Octobre 1273. Il déclara enſuite la Guerre à

Qu'à ce Chef par degrés on ose remonter,
Votre Etat verra lors ce qu'il doit redouter.
A des Rois respectés la liberté ravie, (*a*)
Sous un joug rigoureux l'Allemagne asservie,
Votre Empire lui-même, en naissant, attaqué, (*b*)
Sont les funestes traits dont leur régne est marqué.
Et c'est pour cette Cour ambitieuse, ingrate,
Dont la dureté même à chaque instant éclate,
Que vous vous immolez à sa propre fureur.
Politiques séduits connoissez votre erreur.
Que le Corps Germanique aveuglé sur lui-même,
S'obstine à revêtir de la grandeur suprême,
Un Prince (*c*) qui bientôt l'en fera repentir;
Vous de vos préjugés ne pouvez-vous sortir?
Dans ces glorieux tems, si ce Monarque auguste,
Dont vous vous défiez par une crainte injuste,
De votre inimitié pensoit à vous punir,
Quelle main, quel secours pourroit vous soutenir?
Non, Louis, fut toujours guidé par la justice;
Il n'exige aujourd'hui que ce seul sacrifice:
Jettez sur lui, sur vous, un plus juste coup d'œil.
D'une Reine infléxible, intimidez l'orgueil.
Montrez-lui le tonnerre allumé sur sa tête.
Qu'à la paix par vos soins ce cœur altier se prête.

ce Roi, dont il avoit été Officier, & le battit deux fois. Ottocare fut tué à la seconde Bataille. Ce Rodolphe est la tige de la maison d'Autriche.

(*a*) Il suffit d'ouvrir l'Histoire d'Allemagne pour y trouver mille traits de l'ambition demesurée de la maison d'Autriche.

(*b*) Elle s'opposa plus qu'aucune autre puissance à l'établissement de la République d'Hollande.

(*c*) On peut assurer avec beaucoup de vraisemblance que les Electeurs se répentiront bientôt d'avoir élu le Grand Duc de Toscane Empereur, & d'avoir violé pour lui toutes les Constitutions fondamentales du corps Germanique.

Dès-lors ne craignez rien ; mais si pour cette Cour
Vous armez de nouveau : tremblez à votre tour.
Puisse plutôt du Ciel la clémence infinie,
Rétablir dans l'Europe une pleine harmonie
Qui la fasse jouir d'un solide repos.
Ce sera dans ce tems, France que ton Héros
A lui-même rendu, dans une autre carriere,
Sçaura te dévoiler sa vertu toute entiere.
De Lauriers immortels aujourd'hui couronné,
Vainqueur de toutes parts, de gloire environné ;
Ses Exploits sont semés du couchant à l'aurore,
D'un plus durable éclat il va briller encore.
A rendre heureux son peuple occupé désormais,
Ses soins vont animer les vertus de la paix.
Le Commerce, les Arts à sa voix vont renaître ;
Le vice au loin banni va fuir & disparoître.
Ses généreux bienfaits prévenant vos desirs,
Sçavans, vous cherirez vos utiles loisirs.
De la Guerre ennemi, sans paroître la craindre,
Sa prudence, en naissant, prendra soin de l'éteindre.
Sans que pour soutenir ses divers intérêts,
Ses foudres dans sa main cessent d'être tous prêts.
Adoré de son peuple, à ses voisins terrible,
Ses jours seront remplis par cette paix sensible,
Que rarement le Trône a permis de goûter,
Et que Bourbon peut-être a pu seul mériter.

FIN.

www.ingramcontent.com/pod-product-compliance
Ingram Content Group UK Ltd.
Pitfield, Milton Keynes, MK11 3LW, UK
UKHW020440220726
13923UKWH00005B/2241

9 782019 283186